Le principal problème
du prince Prudent

© 2014, l'école des loisirs, Paris
Loi n° 49.956 du 16 juillet 1949 sur les publications
destinées à la jeunesse : mars 2014
Dépôt légal : mars 2014
Imprimé en France par I.M.E à Baume-les-Dames

ISBN 978-2-211-21671-5

Christian Oster

Le principal problème du prince Prudent

Illustrations d'Adrien Albert

Mouche
l'école des loisirs

11, rue de Sèvres, Paris 6ᵉ

Le principal problème du prince Prudent, c'était bien évidemment sa prudence. Quand il partait à la guerre, il montait son cheval à l'envers, afin de voir si l'ennemi n'allait pas surgir dans son dos. Et alors il ne voyait rien devant lui, sauf de temps en temps, quand il se retournait, et que l'ennemi lui faisait face. Le prince Prudent perdait donc souvent ses guerres.

Cela dit, il préférait avoir la paix. Chez lui, au château, il se levait, mettait ses pantoufles, prenait son petit déjeuner et lisait son journal. Puis il allait regarder par la fenêtre pour voir si tout était normal. En général, tout était normal. Alors, le prince Prudent reprenait un croissant. Mais, avant, comme pour le premier croissant, il faisait goûter son deuxième croissant par un domestique, car il avait peur d'être empoisonné. Quand le domestique ne se tordait pas de douleur après avoir goûté le croissant, le prince Prudent mangeait son croissant.

Ses parents voulaient absolument qu'il se marie. Mais le prince Prudent avait peur de ne pas se plaire avec sa future femme. À chaque nouvelle princesse qu'on lui présentait, il faisait passer des tests : cuisine, culture générale, broderie, gentillesse et, surtout, prudence. Car la qualité que le prince Prudent mettait au-dessus de tout chez une femme, c'était bien évidemment la prudence. Or aucune princesse n'était assez prudente pour le prince Prudent.

Un jour, pourtant, ses parents lui en présentèrent une qui portait un prénom très encourageant : Prudence. La princesse Prudence, malheureusement, n'était nullement prudente. Ses parents l'avaient appelée ainsi pour qu'elle le devînt, mais c'était tout le contraire qui était advenu : la princesse Prudence était en réalité la plus imprudente des princesses.

Elle montait à cheval dans le bon sens, elle se goinfrait de tartines de Nutella au petit déjeuner sans les faire goûter avant par personne, et, quand elle traversait le pont-levis au-dessus des douves de son château, elle ne regardait ni à gauche ni à droite pour s'assurer qu'un monstre hideux n'allait pas soudain sortir du plus profond des douves et venir la dévorer. Quant aux tests auxquels le prince Prudent la soumit, ce fut une catastrophe. Ainsi, quand la princesse dut passer l'épreuve de cuisine, et qu'elle fit cuire des pâtes, elle oublia d'éteindre le gaz après. Quand, ensuite, elle dut se mettre à la fenêtre pour regarder le paysage en s'ennuyant un peu, avec un air mélancolique, comme doivent faire toutes les princesses, elle se pencha trop. Le prince Prudent dut la retenir par la taille pour l'empêcher de tomber. La princesse Prudence protesta qu'elle n'allait pas tomber du tout, et que le prince Prudent était vraiment trop prudent. Il dut lui lâcher la taille alors que, si la princesse avait vraiment risqué de tomber, il aurait laissé ses mains sur elle et, quand elle se serait retournée vers lui, il l'aurait embrassée.

Bref, ils s'étaient disputés. Puisqu'elle était venue jusqu'au château du prince, la princesse accepta tout de même de passer le dernier test : elle devait sortir du château du prince et aller se promener seule devant le château pendant que le prince la surveillerait de loin, posté à la même fenêtre où la princesse s'était prétendument trop penchée. Elle devait bien faire attention à regarder autour d'elle pour déceler tout danger possible. Évidemment, le prince Prudent savait qu'il n'y avait pas grand risque à se promener devant le château, où il n'y avait que des champs de blé pas très hauts encore et où l'on pouvait voir aisément tout danger survenir. Il voulait simplement que la princesse Prudence se montrât suffisamment prudente.

Or voici ce qui se passa : la princesse Prudence sortit du château, s'avança dans le sentier au milieu des champs, et elle n'eut pas fait quinze pas en regardant vaguement autour d'elle qu'un géant, surgi de nulle part, l'emporta sous son bras. Le prince Prudent, de sa fenêtre, assista à toute la scène : il vit le géant surgir, emporter la princesse et, à grandes enjambées, disparaître avec elle au-delà de l'horizon.

Le problème, c'est qu'il ne pouvait pas affirmer que la princesse Prudence, cette fois, s'était montrée imprudente. Elle avait vaguement regardé autour d'elle, comme je l'ai dit, et ce n'était pas vraiment sa faute si le géant l'avait enlevée. Le problème, également, c'est qu'il était embêtant qu'un géant eût enlevé cette princesse, comme ça, sous le nez du prince. C'était vexant pour lui. En plus, c'était préoccupant pour elle.

Le prince Prudent décida donc qu'il lui fallait retrouver la princesse, c'est-à-dire le géant, et donc éventuellement tuer le géant et délivrer la princesse. C'était même, selon, lui, la moindre des choses. Évidemment, pour tout ça, il lui faudrait redoubler de prudence.

Il prépara d'abord son harnachement. En plus de son épée, il emporta un poignard ainsi qu'un gros fusil à deux coups qu'il gardait enveloppé dans un chiffon à la cave. Il prévit aussi une bonne quantité de sandwiches, trois bouteilles d'eau minérale, et, avant de partir, il prit soin de recharger son téléphone pour appeler le cas échéant un numéro d'urgence. Il chaussa d'épaisses bottes, au cas où le temps se refroidirait, pensa à emporter des mouchoirs s'il attrapait un rhume, et enfin, après s'être coiffé d'un chapeau orné d'une belle plume, il sella son meilleur cheval.

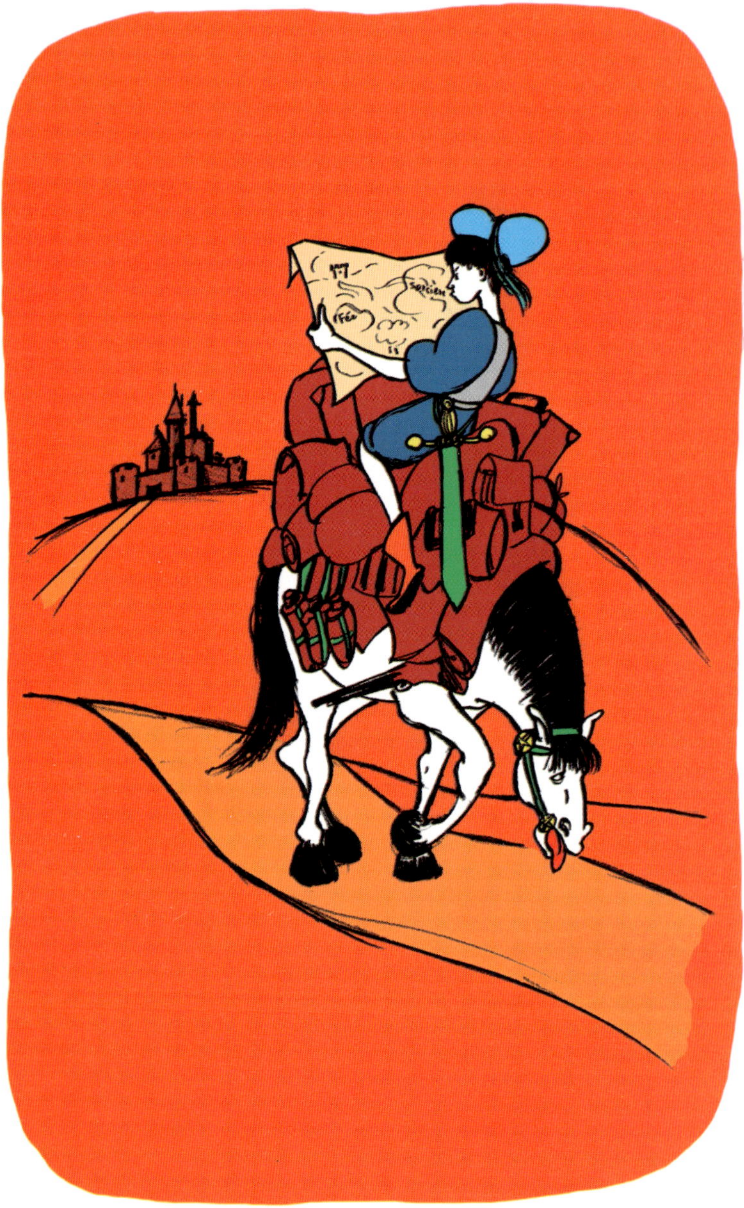

Il avait également emporté une carte de la région. Sur cette carte étaient indiquées par des croix les zones où vivaient des géants, mais le prince Prudent était trop prudent pour s'y fier. Il pensait, prudemment, que le géant, avec sa princesse sous le bras, avait dû se réfugier, pour être tout à fait tranquille, dans une zone où ne vivaient pas de géants. Sur la carte étaient donc indiquées d'autres zones : des zones à fées, des zones à sorcières, des zones à lapins, des zones à bûcherons distraits ou encore des zones où ne vivait personne de spécial. Mais le prince Prudent, prudemment, se dirigea vers une zone à crevettes. En effet, s'il était imprudent, selon lui, de se hasarder auprès des fées, qui vous transforment en un clin d'œil, ou auprès des sorcières, qui font la même chose en pire, ou auprès des lapins, qui peuvent mordre, ou encore auprès des bûcherons distraits, qui, avec leur hache, peuvent vous confondre avec un tronc d'arbre, il était raisonnable, en revanche, de se diriger vers une zone à crevettes, lesquelles sont des animaux inoffensifs, qu'on peut d'ailleurs faire facilement cuire en cas de petite faim si l'on a épuisé sa réserve de sandwiches.

Il faut préciser encore que le prince Prudent avait exclu les zones où ne vivait personne de spécial, parce qu'il pensait que le géant n'y trouverait pas beaucoup d'endroits pour se cacher. Les zones où ne vivait personne de spécial, en effet, étaient plutôt désertes et, notamment, ne contenaient aucune forêt. Tandis que les zones à crevettes étaient aussi habitées par des pêcheurs de crevettes, qui vivaient dans des cabanes. Et le prince Prudent, prudemment, supposait que le géant pouvait trouver refuge dans une de ces cabanes, après l'avoir agrandie à sa taille, naturellement, et expulsé le pêcheur qui y habitait.

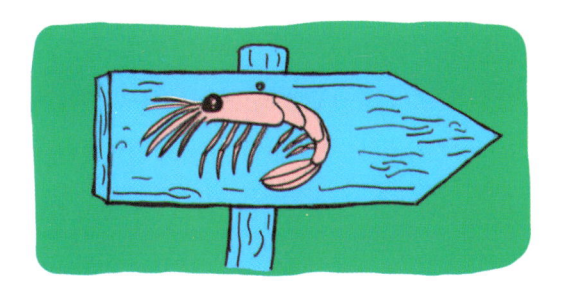

Quand il arriva dans la première zone à crevettes, le prince Prudent ne vit aucune cabane qui fût suffisamment grande pour abriter un géant. Il se dirigea tout de même vers une cabane de pêcheur normale, prudemment, bien sûr, au cas où le géant s'y trouverait quand même, en s'y tenant accroupi. Après être descendu de cheval, il cogna prudemment à la porte, armé de son épée, glissée dans son fourreau, de son poignard, passé dans sa ceinture, et de son fusil à deux coups, qu'il tenait dans la main gauche tandis qu'il avait cogné avec l'index de la main droite. Au bout de quelques secondes, il entendit un bruit de pas, qui lui parut être un bruit de pas de pêcheur, et non un bruit de pas de géant. Mais ce n'était pas sûr, évidemment, car le géant, s'il était là, aurait pu se déplacer courbé en avant et sur la pointe des pieds.

— Qui est là ? fit une voix, qui ne semblait pas être la voix d'un géant.

— Prince Prudent, répondit le prince Prudent. Vous n'êtes pas obligé de m'ouvrir, je voulais seulement savoir si vous aviez vu passer un géant, dans cette zone à crevettes.

— Non, pas de géant, fit la voix.

Mais le prince Prudent, en y réfléchissant, se rendit compte que l'homme qui lui répondait à travers la porte pouvait aussi bien être le géant, accroupi pour tenir dans la cabane, et que lui, le prince Prudent, devait en avoir le cœur net et faire ouvrir au pêcheur (ou au géant, ce qui ne serait évidemment pas sans risques) la porte de la cabane.

— Je préfère que vous ouvriez la porte quand même, reprit donc courageusement le prince Prudent. De toute façon, je voudrais vous acheter des crevettes.

— Ah oui ? fit la voix. Combien je vous en mets ?

— Un kilo, un kilo cinq, répondit le prince Prudent à travers la porte.

Et la porte s'ouvrit.

Un pêcheur parut. En tout cas, il avait bien une tête de pêcheur, avec dessus une casquette de pêcheur, et il tenait à la main un gros sac de crevettes toutes frétillantes.

— Qu'est-ce que je vous dois ? fit le prince Prudent, qui, de sa main libre, fouilla ses poches à la recherche de son porte-monnaie.

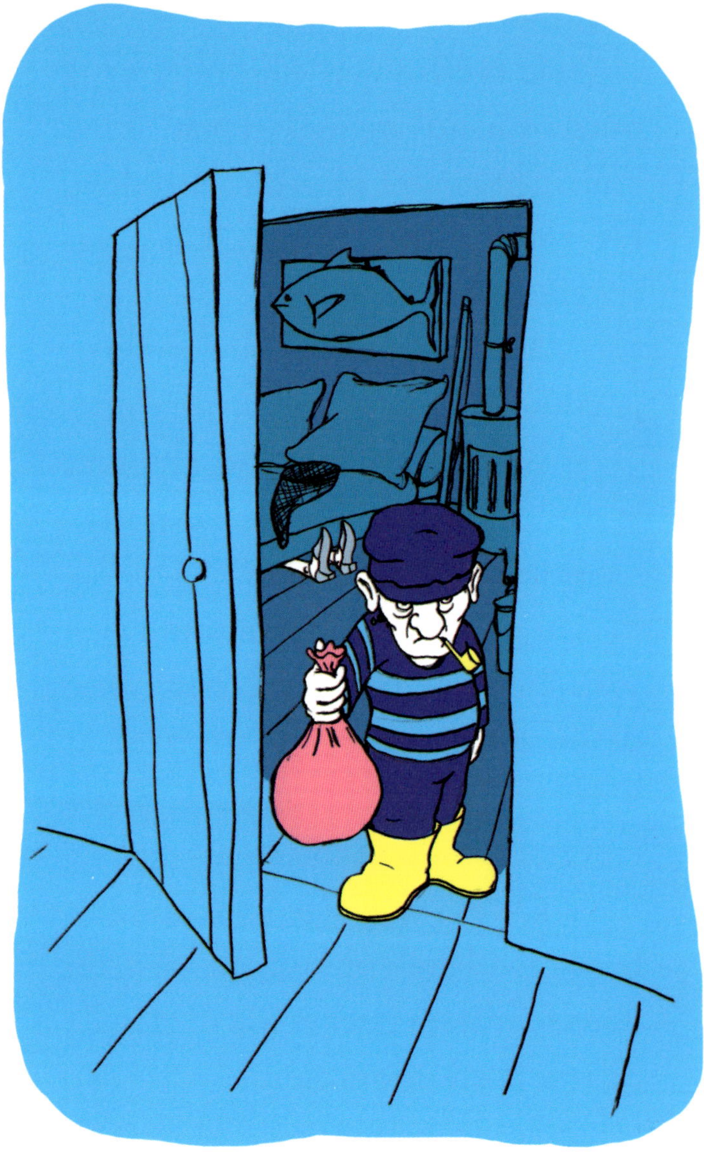

Mais, en même temps, il aperçut, à l'intérieur de la cabane, sous le lit du pêcheur, et qui en dépassaient, deux jolis pieds chaussés d'escarpins d'argent.

– La princesse Prudence ! s'exclama pour lui-même le prince Prudent.

– Une pièce de cuivre, répondit le pêcheur. Et c'est un prix d'ami !

Le prince Prudent sortit de son porte-monnaie une pièce de cuivre tandis qu'il observait attentivement le pêcheur. Le problème, c'est que la casquette donnait au pêcheur, ou au prétendu pêcheur, un air de pêcheur.

– Vous portez une bien jolie casquette, lui dit le prince Prudent. Est-ce que vous la retireriez pour que je puisse voir sur l'étiquette à l'intérieur si elle est lavable ? J'aimerais m'acheter la même. D'autant que j'en ai assez de mon chapeau à plume.

— Heu… fit le pêcheur. C'est que j'ai un peu peur de m'enrhumer par le crâne.

— Faites-moi plaisir, dit le prince Prudent. Juste un instant.

Et le pêcheur ôta sa casquette. Et il n'eut plus du tout l'air d'un pêcheur. Car il avait le crâne ovale, et certains géants ont le crâne ovale, comme ne l'ignorait pas le prince Prudent, qui s'était depuis longtemps prudemment renseigné sur les géants. Et il était bien possible que le géant qui avait enlevé la princesse

Prudence fût un géant à crâne ovale. Le problème, c'est que le prétendu pêcheur, à part son crâne, n'avait pas du tout l'air d'un géant. Il était même plus petit que le prince.

Le prince, pendant qu'il faisait mine d'examiner la casquette, continuait d'examiner le pêcheur. Il observa ses mains, qui avaient l'air normales, sauf les ongles. Le prince Prudent les trouva un peu longs.

Il observait également les pieds de la princesse, qui étaient absolument immobiles. La princesse Prudente devait être endormie, ou évanouie, ou encore ligotée et bâillonnée.

Le prince Prudent comprit que, tout prudent qu'il était, il n'y avait plus à hésiter.

Il posa la main sur le pommeau de son épée, prêt à la dégainer, et dit au pêcheur :

– Il me semble que ce sont des pieds de princesse, que j'aperçois sous votre lit, et dont ils dépassent.

– C'est bon, fit le pêcheur, est-ce que vous pouvez sortir de ma cabane ?

– Pourquoi ça ? demanda le prince Prudent.

– On s'expliquera mieux dehors, répondit le pêcheur.

Et le prince Prudent sortit de la cabane. Prudemment, c'est-à-dire à reculons. Quand il fut dehors, le pêcheur le rejoignit. Il se mit à grandir à toute vitesse.

— J'avais besoin d'être à l'air libre pour reprendre ma taille normale, expliqua-t-il. La sorcière que je suis passé voir dans une zone à sorcières avant de venir me cacher ici m'a donné une potion pour rapetisser à l'intérieur d'une cabane de pêcheur de crevettes. Dès que j'en sors, je redeviens normal. Alors, qu'est-ce que tu voulais me dire ?

Le géant, désormais, dominait le prince Prudent de toute sa hauteur, qui équivalait à celle d'un pavillon de banlieue. Ses ongles étaient dix fois plus longs qu'auparavant. On ne voyait pas ses yeux, qui étaient entièrement noirs. Ses dents saignaient.

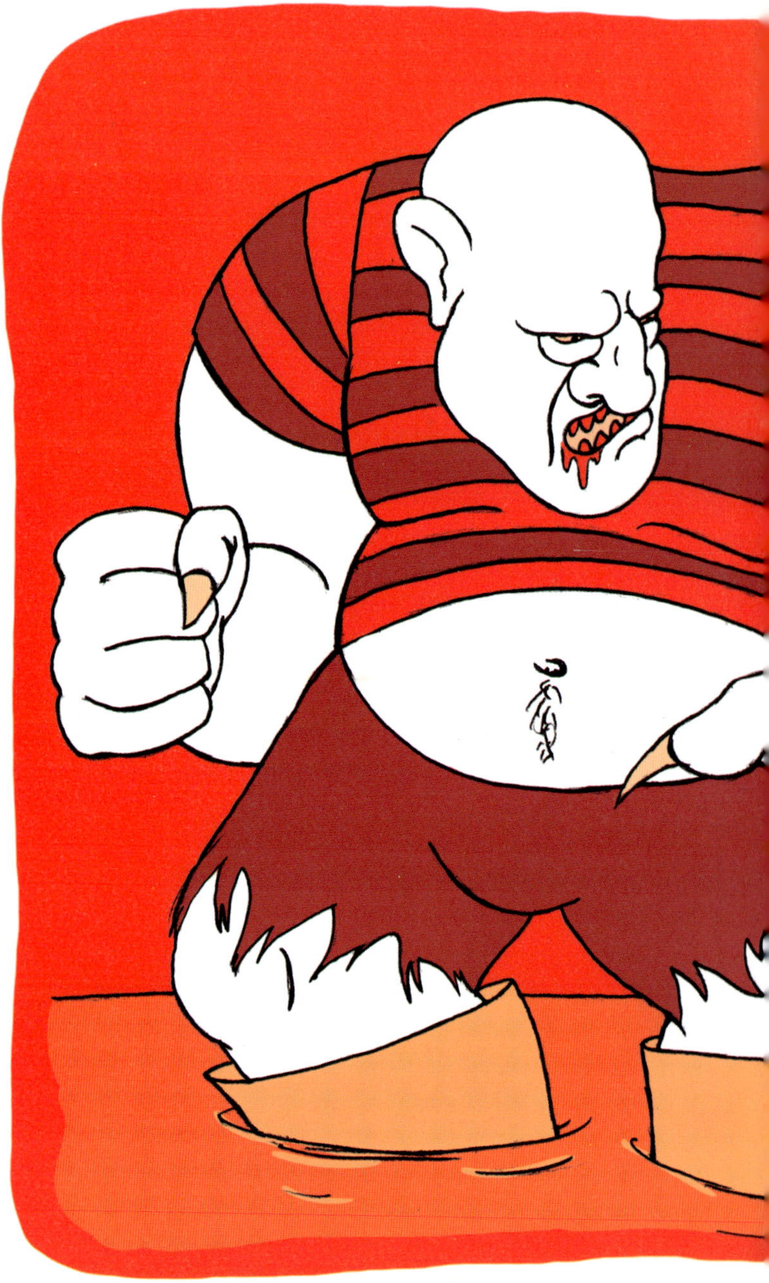

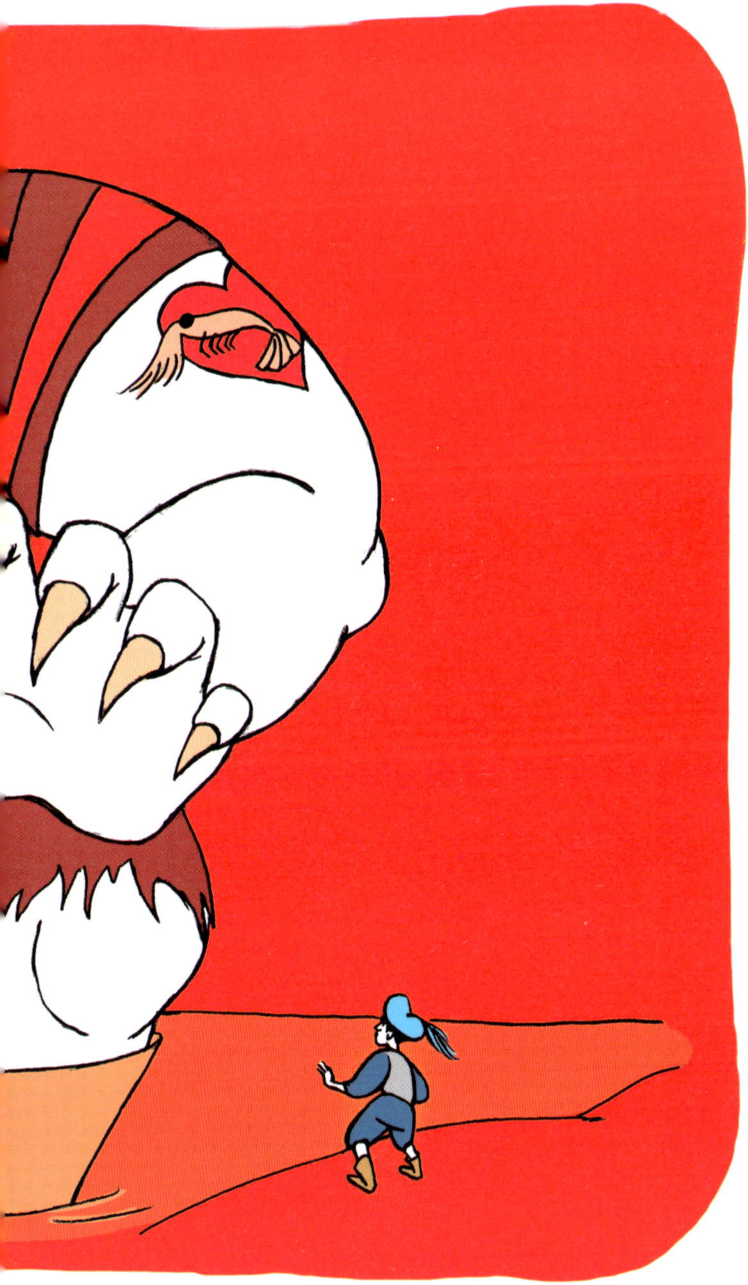

Le prince Prudent ne répondit rien. Il savait qu'il ne fallait jamais répondre aux géants. Il dégaina son épée, que le géant lui arracha aussitôt des mains. Alors, il sortit son couteau, qui connut le même sort. Le prince Prudent ne se découragea pas. Prudemment, il arma son fusil à deux coups, l'épaula, mais, alors qu'il allait presser la détente, le géant fit valser le fusil d'un coup de pied. En même temps, il fit valser le prince, qui atterrit à vingt mètres de là. Le prince Prudent avait deux côtes cassées, mais il se releva, prudemment, pour éviter de s'en casser une troisième. Prudemment aussi, quoique courageusement, il repartit à l'attaque du géant, les mains nues, en boitant tout ce qu'il pouvait. Quand il arriva près du géant, il s'écroula à ses pieds, perclus de douleurs.

– Allez, va-t'en, maintenant, lui conseilla le géant. Tu n'y arriveras pas.

– Que tu dis, fit le prince Prudent.

Et il s'accrocha à une botte du géant. Puis, en geignant de douleur à cause de ses côtes cassées, il grimpa le long de sa jambe. Le géant essaya de l'attraper, mais le prince Prudent avait déjà atteint le bas de sa poche, dans laquelle il ne tarda pas à se réfugier. Heureusement, par prudence, il portait toujours sur lui, précisément, une lampe de poche. Il éclaira la poche du géant, en s'accrochant prudemment au bord, pour ne pas tomber dans le fond. Et il distingua un trousseau de clés. Sur ce trousseau, il y avait un porte-clés. Et, accroché au porte-clés, un couteau suisse. En tendant loin le bras, le prince Prudent parvint à attraper le couteau. Il l'ouvrit, en prenant bien soin de ne pas se couper le doigt, et enfonça la lame dans le haut de la cuisse du géant. Il était temps, car le géant allait mettre sa main dans sa poche pour y écraser le prince. Heureusement, le coup de couteau l'en avait empêché. Ça ne lui avait pas fait très mal, mais quand même. Il avait sursauté.

– Je vais t'avoir ! gronda le géant.

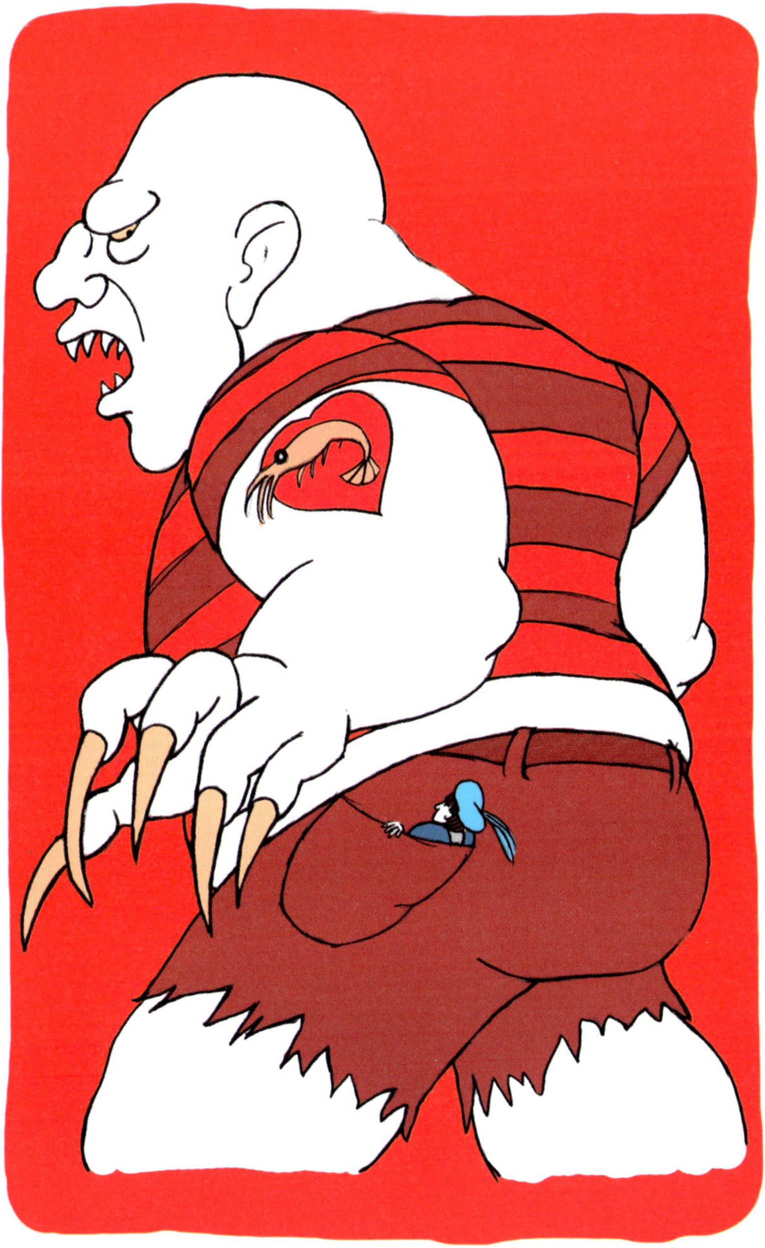

Et il chercha de nouveau à écraser le prince. Mais le prince, depuis la poche du géant, avait maintenant atteint son ceinturon. Il s'y accrocha, le couteau suisse entre les dents, et, en déplaçant prudemment mais vivement ses mains l'une après l'autre sur le bord du ceinturon, suspendu dans le vide, il atteignit les reins du géant, qui tentait d'attraper maladroitement le prince dans son dos. Ses énormes mains s'agitaient autour du prince sans parvenir à le toucher, car celui-ci ne cessait de se déplacer sur les côtés. Le prince s'agrippa ensuite à la chemise du géant, et commença, prudemment, à l'escalader. Son objectif était d'atteindre le dos du géant et de s'y arrêter à une certaine hauteur.

Le prince Prudent, avec une agilité prudente, et tout en continuant de geindre de douleur, atteignit l'endroit du dos du géant situé un peu sous les omoplates sans que celui-ci fût parvenu à le toucher. Là, à l'aide du couteau, il fendit suffisamment la chemise du géant pour pouvoir y passer la main. Mais, dans cette main, ce n'était plus le couteau qu'il tenait, et qu'il avait glissé de nouveau entre ses dents. Le prince Prudent, qui était aussi un honnête homme, ne voulait pas frapper le géant dans le dos.

Ce que le prince tenait à la main, désormais, c'était la plume de son chapeau, qu'il venait d'arracher. Et, à l'aide de cette plume, il commença à chatouiller le géant sous les omoplates.

– Hi ! hi ! hi ! fit le géant, qui en réalité n'avait pas du tout envie de rire.

Il se contorsionnait dans tous les sens pour tenter de se gratter, mais aucune de ses mains ne parvenait à atteindre l'endroit de son dos que le prince chatouillait.

Et le prince continua. Le géant s'agitait de plus en plus pour essayer de se gratter et il bougeait tellement que le prince Prudent devait faire des efforts considérables pour rester accroché à sa chemise à lui, le géant, et continuer à le chatouiller du bout de sa plume à lui, le prince.

Tout en s'agitant comme un forcené et en essayant toujours désespérément de se gratter en atteignant son dos d'une de ses mains, le géant riait à gorge déployée, toussait, s'étouffait, hoquetait, reprenait de temps en temps sa respiration en avalant du même coup, à l'occasion, un oiseau qui passait, happé par l'appel d'air. En aspirant ainsi de l'air, le géant avala plusieurs oiseaux de passage. Une hirondelle, un moineau, un pigeon. Tous rejoignirent ainsi son estomac. Mais, comme maintenant le géant suffoquait complètement de rire, il avala une grande goulée d'air pour retrouver son souffle, et, cette fois, ce fut un corbeau qui se trouva happé dans son énorme bouche. Or le bec du corbeau se bloqua dans sa gorge. Le géant, cette fois, étouffa sans pouvoir reprendre sa respiration.

– Au zgours ! Au zgours ! trouva-t-il tout de même la force de crier.

C'est ce moment que le prince Prudent choisit pour sortir de sa poche à lui, le prince, une petite carte de visite.

– J'ai ici dans ma main qui tient encore ma plume pour te chatouiller, expliqua-t-il au géant, la carte de visite d'un excellent ORL, avec son téléphone et son adresse. C'est un très bon spécialiste de la gorge dont je garde toujours prudemment sur moi les coordonnées. Il pourra certainement régler ton problème. Descends-moi et je te la donne.

— D'aggord, fit le géant, qui arrivait à peine à parler. Dout ce gue tu veux !

— Je redescends jusqu'à ta ceinture pour que tu puisses commodément m'attraper, l'informa le prince Prudent.

Et le prince Prudent descendit prudemment jusqu'à la ceinture du géant, où le géant le cueillit pour le déposer délicatement au sol. Le prince Prudent lui tendit alors la carte de visite de l'ORL. Le géant s'en saisit, lut l'adresse du spécialiste et, bien qu'étouffant toujours, s'éloigna à grandes enjambées dans cette direction sans demander son reste.

— Berci, avait-il tout de même pris le temps de dire.

Cependant, des gémissements s'élevaient en provenance de la cabane de pêcheur de crevettes.

— Ne vous inquiétez pas, princesse, cria le prince Prudent, j'arrive !

Il entra dans la cabane, prudemment toutefois, au cas, où s'y serait

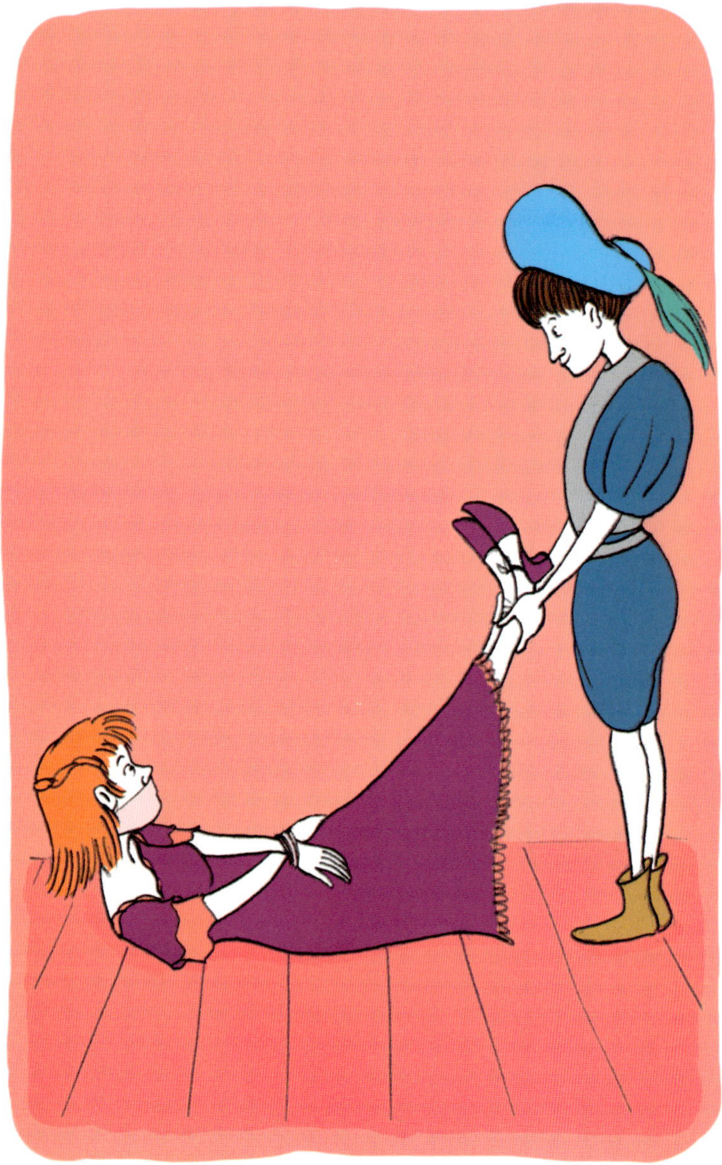

trouvé un second géant transformé en pêcheur de crevettes, et se dirigea vers la princesse, toujours étendue sous le lit. Il la tira par les pieds, prudemment, pour qu'elle ne s'éraflât point le dos sur le rugueux plancher. Puis, cela fait, il la libéra prudemment de ses liens à l'aide du couteau suisse du géant, qu'il avait prudemment conservé sur lui. Enfin, il lui retira le bâillon qui lui fermait la bouche.

— Ouf! fit la princesse Prudence. Merci. Mais je crois bien que j'ai raté mon dernier test.

— Pas du tout, fit le prince Prudent. Vous ne pouviez pas prévoir cet enlèvement. Et vous vous êtes montrée très courageuse.

— Vous aussi, dit la princesse. J'ai tout entendu.

— J'ai simplement agi avec prudence, protesta le prince Prudent.

— Vous savez, dit la princesse, il est bien possible que je vous aime, finalement.

— Je me demande si je ne vous aime pas aussi, avoua le prince Prudent.

— Ce que je vous propose, reprit la princesse Prudence, c'est qu'on y réfléchisse un peu ensemble.

Mais, en vérité, on voyait bien qu'elle n'allait pas y réfléchir. Imprudemment, elle n'écoutait que son cœur, et elle aimait déjà le prince. Et, si le prince Prudent avait été moins prudent, il se serait rendu compte qu'il l'aimait déjà aussi. Mais on ne se refait pas. Et il accepta la proposition de la princesse. Il la fit monter sur son cheval et, tout en chevauchant prudemment au pas, pour ne pas se casser une troisième côte, il commença à réfléchir à un endroit tranquille et sans danger, à l'abri des géants, pour pouvoir réfléchir avec elle.

Du même auteur à *l'école des loisirs*

Collection Mouche

Le lapin magique
L'abominable histoire de la poule
Pas de vraies vacances pour Georges
Les trois vaillants petits déchets
Les lèvres et la tortue
Le roi de N'importe-Où
Le prince et la caissière
Le voleur de châteaux
Le cauchemar du loup
Le bain de la princesse Anne
La casquette du lapin
Le tiroir de la princesse Faramineuse
Le chêne, la vache et le bûcheron
Le cochon en panne
Le chevalier qui cherchait ses chaussettes
Le cochon qui voulait bronzer
La géante endormie
L'éléphant caché
La sonnette du lapin
Le fauteuil de la fée
La princesse poussiéreuse
Le miroir menteur du méchant prince moche
Promenade avec un lapin
Le dur métier de loup

Trop chaud !
Le géant et le gigot
Princesse pas douée
Le cochon et le prince
L'invitation faite au loup
Chevaliers et princesses avec gigot

Collection CHUT !

Le chevalier qui cherchait ses chaussettes lu par l'auteur
Le géant et le gigot lu par l'auteur
Princesse pas douée lu par Agnès Serri Fabre et par l'auteur